안^眼을 보는 나무

안^眼을 보는 나무

유혜연 지음

에쎄

시인의 말

온몸으로 내 애를 낳는 바람에 살 오를 '정치'통이라 가까이 신음은 동한다.

세상에 '흰'백합화를 찢어놓을 진동이 전율을 만들어낸다.

시를 생각하는 미래를 굽어볼 때면 나는 오롯이 나만의 청정 독창문을 열 것이다.

어디든 우발적인 문화는 없다.

한 줌의 재가, 내게로 와 살그머니 눌러놓았던 시들을 받는다.

연인의 여정이 불 비추는 입맞춤만할까. 재채기에 밭은기침 내기도 버거운지 웅크린 연기를 낳느라 마음속 비는 내리고.

그날에 낮은 기억을 뒤집기로 감겨 우는가.

엉킨 생각에, 골라 쓰는 자기를 믿지 않는 이들에, 참 오래고 고정된 역할 상을 강요했던 건 아닌가.

돌아보면 벽이란 벽은 그저 가족 같은 정체 같아서 나는 간다.

거기만 안 가고도 등은 등대로 기 싸움하듯이 기대 있을 때에나 밀어내려니.

돌아서면 사무치는 가족밖에.

벽과 벽이 등 돌리고 있는데도 홀로 창창 달리지 못한 가슴에는 늘어지게 오려 붙일 수도 없이.

사진 하나 하나 빌려 쓸 어깨라 바라보며 좁아터진 생장점 또한 물고 빨리는 기억에 기억이 자라날 것이다.

이 몸과 함께.

매자, 유 혜 연

차례

1부
흰 연기의 꿈

흰 연기의 꿈

나는 왜 이리 연기에 집착하다시피 별을 불러오는 걸까
별이 내 안에 다, 와서도 든 체 만 체 꿈꾸는 소녀
가슴 휑하니 꾸는 꿈
마치 눌변에서 달변으로 꾸미지 않고도
드디어 통과, 하는
기적 없이 맞는 불치병처럼 하루하루 자못 다른 기억일랑 어기
지 않고
피어났던가

지난날 다단계 사다리를 모르고 탔을 때
연기설緣起說
놓쳤던 숨들마저 숨은
꼬릴 물고 늘어지다가 순간 꼭지 틀어 샤워기를 받아주다
그만 전화를 놓쳤던 기억
무선의 유선이 전파를 타고 전설 속, 고이 숨겨두었던 부활의
비의 비, 다 걷고 걷다가 링크를 타고 흘러드는 온몸 가득
먹물을 쓰고는 검객이 되어 뜻 모를 고백이나마 받아주면
유선의 무선이 전파를 또 타고 사별한 전사의 후예를 볼 것만 같아
전율이 온몸 가득 퍼져 마침 머리끝서 발밑까지 뻗치면 죽은 자
무덤 한 기를 세상에서 가장 순수한 물빛으로 씻길 것만 같은데
손에 잡힐 듯 아련히

구름다리

샘 많은 손바닥 안에는 꿈꾸는 연을 적시는지
도랑이 흐른다 굴곡이 건성으로 흐르지 않도록 펼쳐든 책장에
떨어진 색의 무아無我를 밝히리라 혼·밥하는 낮달이
흐릿한 쪽 볼터치를 쓸어 올리듯 매만지며 연꽃의 혈맥을 찾으
려는
마음 하나, 결대로 굳어버린 응어리를 때마침 베개에 엎혀
놓친 잠을 찌우던, 가려져 있던 절실을 팔아야
하는데 혹 너무 많은 걸음들을 묻어 둔다 작게는 홑겹이불에서
삐져나온 실밥 한 오리에 옷소매를 붙들려 본 간절기는
구멍을 마저 메우고 싶은가 뒹굴 뒹구르르 하면서도 엉켜 울지
않는다
사이를 맑히려 가는 그대와 소나기를 걷는다
울음은 어깨를 빌려 안기면서도 간직할 수 있을 때까지

혼자

꿈꾸는 밑줄 하나
혼자 늙는가, 삼켰던 눈물은
선한 열매 다 익을 때까지
걸리적거리는 내 안의 그림자를 소각하면서
명 눈물로 읽어내는 광기를 활보한다 단도리 해로부터
여물어지는 배역을 간직하면서
부르짖다가
여미다가
눈을 뗄 수가 없이 연기는
멀어졌다 가깝게 들리는 듯 그렇게 팔도 발도 죄다 빠질 것 같아
막바지 고개를 넘는 힘이 극에서 극으로
빛살무늬 배역
낮은 그, 어디에 아이는 울고
나의 당신은 너무 멀리 와 버렸던가
돌아갈 수 없이 빠져버린 깊이에
묻혀서라도 개울을 품은 선한 창 밖으로
신음을 죽이지 못해 불러내고 있던
죽음만 선시를 달린다

웃을 시간

웃고 있는데

웃지 않는 이들

웃기 싫어

웃음만 빼꼼히

웃으세요

하나, 웃음도 안 나와 피어나지 못하는

구석에 빵 빵 대포 쏘는 듯이

웃어요

어때요 웃기지 않나요

웃을 시간에

시기

잡고 싶은 것들
잡혔으면 싶은 것들
관 속에 잡아넣어

철저히 자기를 굽히고 굽혀
심지어는 죽이기까지 해야

결혼은 얼음과자 같은 거
얼어 있다가
언제나
녹아내릴 각오로
빗소리를 깨우지
수면을 숨죽이도록 재워 가려하지
위로도 채 안 되는 뜻밖의 위기를
내가
맞춘다
쳐부수며 그만큼 깨지기도 쉬운 조건에
차마 떼어놓고 쳐다볼 용기가 없어

기다리며
만나올 시간에 녹아들며
벌어지는 약속을 채우려들지
돌아 돌아 내처짐 한데
가물어버릴지 몰라

우리는 끊어지지 않아

우리는 끊어지지 않아
섬과 섬 만나 시푸른 한 숨이 넘어가기까지
설레임 같아 귀에 익지 않는가봐
아무래도 섬길만한 나무 아래서
그늘을 숨어들 듯 섬기고 싶어져
새 시작에 밀려난 바램들은 하나같이
떨어져 나온 말 한마디만 바꿔줘
임의 끝은 다시
설레는 내 온 마음
근본을 따르는 뺨과 뺨 사이에 눈뜨는 안을
하루만 손보면 뒤집힐 것처럼 바깥의 경계는 어떠한 깨어짐을 바
란다기보다
절 안에서 절을 만나는 일기장 속에서 굳건히 자리매김 중
쏟아질 것처럼 쩌릿쩌릿 초장도 적지 않은 새벽을
마주보게 해줘
끝도 없이 읽고만 싶어지는 새 시작의 숨은 키를 봐줘
끼와 끼 하나로 한창 어른이고 싶어서
나무 환자야
나무에로 휜 눈자위
나무에 환장한 나머지 들뜬 별들아
에워싼 정열 한데 온순히 빠져나가려는 향기를
풀어 쓰지는 못했지 곪아 있는 밤별은 언제나 그랬듯 내 머리맡
에 떠
감길 때마다 속으로 속으로 깊은 눈 속까지 맑혀 들었지 새 아닌

애를 쓰면서도

　새로 쓰는 끼니마다 조바심 내, 보고 싶지 않은 척해보고도 마음 먹었지 입술이 울어주는 주름 주름 주무르게

　먼 길에로 던지기만 하던 시선이라 쓸까

비가

비가,

오려나 봐 무슨 꼬질꼬질한 꽃도 피어나 그 위를 꾸물꾸물 노래
하는 듯이 파리는 한 십팔 번쯤 부활했어야 했나봐 지옥까지 가는
길마저 점지해 노래하다 만 하늘이 무심코 회음부 가까이 걸터앉아
모아지지 않는 두 무릎을 펴 보고 있어 조심스레 느려지는 걸음만
으로는 안 되는, 안 될 것 같은 그 거리에 마디를 좁히며 안으로 안
으로 더 자기를 낮추며 들여다보고 싶어져 나비 더듬이라도 훔쳐 달
고 싶었더랬지 더듬더듬 다듬어 가시는
　죽은 소리를 추려 거르기도 해 단지 춤을 추고 싶었던 걸까 바람
이 안 받아준대 에어컨은 누가 팔아준다고 윗도리만 걸친 아지매여
사골 곰탕 국을 부채질하며 먹고 살자 하는 일은
　죽어가는 일 앞에서 도무지 입이 거들 것 같지를 않아 쌍암골 댁
사이가 들려 왜 자꾸 치켜드시나 외뿔을 겨누는 고정바늘 침이 들
어주고 싶었을까 주사를, 불 불 불며 가만히 마른 목이 소리 내고
싶어질 때 치켜뜨시나 기찬 텔레비전 채널 속에서나 진득하니 우러
나고 싶다 했더랬지
　영원이 있다면 있을 것 같아 흠씬 두들겨 맞아주고 싶을 만큼 엉
더든 궁디든 내가 내 그 곳을 까 보일 것처럼 은연중에 사라진 어디
든 거들먹거린들 용서 될 만큼 아득히 어려 오는 시간의 비는

　주여 주여 어…… 그토록 죽은 시계를 에워싸며 내리고도
마음 한 켠에 늙는 비가

주름잡는다는 거

애가 타는 만남을 열어두고

다다른 만남에는 이별이

올 생각을 않는다 하늘거리는 숨결에

물리는 주름 먼저 찾아

주무르기 시작한다 수많은 주름들 속에서 한 주를 너끈히 찾고
싶었다

죽음의 문턱까지 헤매며 배송되는 데 몇 차례 비와 바람과 엎치
락뒤치락

한판승까지는 고지가 멀었다 옆구리 당기도록 극에서 극으로

귀는 걸릴만한 대문호를 앞 다퉈 붙잡아, 그랬다

꽃들은

적어도 자잘한 꽃송이를 간직하며 사는 쪽을 택했다

하늘 가까이 매달리고 싶은 만큼 메타* 바람은 시리게 부재중 영
혼이고 싶다

빼곡히 죽어 있는 고서들을 헤치며 쳐다봐야 보이는 억대 장난감
말을 부리며 황금 시간조차 왕소금마냥 녹이고

어느 날 무심코 가슴으로 날아든 독화살은 벌써 십 년이 넘도록
후비파고 있다 별별 것들을 단칼에 베어내고 삼켜지도록

단 하나의 면도기를 안고 사는 길길이 갉아 먹힌다니 잊었던 너하
고 나만큼 굴곡에 잔별 뜨는

합작품 벌리며 뜨문뜨문 독주를 채우는 잔에는 원래부터 벌레 먹
은 벌레가 뜰 수 없다

_____
* 메타세쿼이아 나무.

눈동자 메이크업2

가슴을 옥죄며 흔들던
깊이에로
격하게 밀어 깎이는 눈동자
여유도 없이 굴리는
헐, 만 느는 어깨 깡패에 무거운 눈물 통이 달그락거리며 믿기지
않는 병명을 묻는다

여행 병은 마음의 여유를 준비물이라고 챙길 수밖에 없다
나른하니 퍼져 오르는
안개는
밤별 속에서 물 만나 빠지는 향수에 침투하리라
고향은
지극히 멀고도 예스럽다
연기가 죽은 듯이 내려놓은 사람 인형과 몸이 아는 가사를 노래하
는 그 향내어린 품안에 풀어질 새라 살포시 밀어낸다 입김 속으로
떨어지는 눈동자들
왕국은 얼어 죽지 않았다
얼음낚시로 물려서 돌아가지는 않겠다 낡은 준비를 거두는
오열을 받쳐 들 용기는 어디에
쓸모를 버린 책은 어느새 물건이 아니라 한결같이 나타나 닮아
가는데
해보고나 부정하듯 멀어짐이란 노력해도 내칠 수밖에
미리 마음 내버리는 대책 안에서 읽히는 그 시간들을 견딘다는 게

라켓이든 채든
날마다 떠나가고 떠나오는
널 생각하며 살기는 싫었어
기다려
내쳐짐 한데 내가 한 말을 생으로
먹어버리긴 말이야 실시간 날것에 입맛을 맞추어
너 없이 순한 결정을 보는 석양을 챙기듯 심심하게 웃어준다며
잠수하다 막 깨어난
초혼은
결단코 붉을 리 없는 살림을 마저 거들 테니까

방문 낚시

양질의 바다를 달린다
날아올랐으면,

그대 의족을 벗어던지며
내 흘린 침에 내 눈빛 쏘이고
철퇴 맞아 마땅한 그이는 은퇴한다고 말 돌려 철수하던 그 자리가
파도 타는 포말처럼 울렁거리기도 여러 날
공갈협박도 서슴없이 빛무리의 단체시위를 지켜본다는 게

책을 붙이고 책망하듯 눈을 붙이고
도수 높은 술 따르는 심장만치 부지런해
만져지는 봉우리를 깎다가
다리 밑, 가슴을 묻다가
신선을 버려둘 만치 비늘 옷에 뜬 두 개의 달은
한참이나 먼 목표가 지워지는 동안에 할 일

혼자만의 책상 다리는
꼭 걸어 잠근 창문에 붙어 우주적인 사심이 토악질한다 나지막
이 가라앉는
머리를 버리고 가슴을 벼르던 가락처럼 손사래를 치고
번뜩번뜩 걸려드는데

빈 곳

방목 당해본
개처럼 원래대로 목 놓아 우는 습관에서
멀리 가지는 못했다 저 베개를 끌어와
거친 볼 한 쪽씩 비비다 놓친 것들의 기억이
살아 부푼다
기어코 뭉개져 고통을 키웠는지는
너와 같이 꿈꾸어 온 용기 속에 있었을까
할 수만 있다면
반품할 추억까지 기대어 우리를 치고 가위를 든다
뭣 하러 보내버렸나
너는 너무 쓴다 써
너하고는 먹기 싫다 진짜
깎여나가는 흑심이 두려워졌다
한 톨의 쓰레기를 쉬게 하고파
나는 만들어
쉬는 꽃들마다 숨어 있는
음악은
책이 될 수 없다 차라리 그대로
노래라
노래가 숨어든 가슴을 끄집어내
가쁜 숨마저 죽이고 한편
또 한 편, 만족은 늘어도
시간은 버리면서 열어두려
제 갈 길 가야 한다

태양초 추억 일기

손가락들은 항상 저들끼리 부딪히면서도
아프다 눈 깜짝하며 따돌리지도 않아
몸 섞으며 다시

자아도취 입맞춤이라는데
할수록 는다는 당연한 말이라도 제발
애끓는 시간을 늘여 늘여 어떻게든 참고 보자
우리 '젤리'파 시큼 달콤 구미는 꿈틀대는 지렁이 형상을 본떠 가
같이 있으면서 설마 못 자기야 ? 물음표처럼 구부러져
금단현상을 줄여가야 해
묵직한 사진들이 꿈을 짓듯 두꺼워지고 있었을까 쌓이고 쌓인
짐 더미로 묶이는 노출증 내밀고 꿈에서 본 선배도
나아 보여 예전보다 파도를 대하는 데 마냥 거칠지 않아
알알이 타오른다는 게

뭉친 어깨를 풀어야 하는데
찾다 찾다 오타는 제목을 바꾸고 우선 재목을 버려둔다는 게
다만 무엇에도 바뀌지 않을 기분전환에서 피로회복으로
이어진다는 건 말처럼 평범하지 않아 딸린 싫증을 반납하고
차오름과 떠오름을 물질하며 울고 불던 선배를
태양처럼 넘어가지는 않을 거야
한 번 떠난 선배가 목 빠지게 돌아온대도

회복

돌아와,

2년 뒤에는 또 누가 있어 허물어지는 뒤를 봐줄까
껍질 속에 머리통을 드밀며 고개 숙이던 두 번의 여름이 지난다
이제 아주 이 고장을 떠날 나인데 다시 밤이 살아나기 위해
닮아가는 널 부정하듯 멀어짐이란 말이지 노력해도 한사코 내칠
수밖에
내가 한 말을 내가 먹어버리면서 길고 먼 밤은
확신에 찬 결정을 불빛 속에 던져두고 미리 마음 내버리는 대책
안에서
읽힌다 하루도 시간을 생각하지 않을 수 없음에 마음먹는 한시도
시를 낳아줄 수 없어서 지난한 그 시간들을 보고 싶어질까

눈뜨고 보면 구태의연의 가시는 자라고 자라 지지 않는 약속을 해
비밀이라고 만들기는 싫어 실없는 내쳐짐에 덧보태 장마는 지루
한 습식을 견디고
한데 치는 꼬리는 결단코 꼬인 꼬리가 아니라는 걸 잃어질 무엇
도 풍경이 되어
보이지는 않아, 진미를 생각하지 않을 수 없음에 2년을 날아

나는 끝까지 나이기를 바라면서
영혼을 호흡하는 별도 아직 숨 돌리기 전

광장의 식사

지는 약속을 옮기고 싶어
그냥 묻고만 싶었네
약속이 그토록 편안한가 물었지
그어진 빗금이 편한가 모르고 싶었네

온 마음 비추는 겹들에
온 마음 같아 보이는 바람 이어지게
낡은 눈만 감고 하는 바람에
온 마음 바쳐 온기를 넣어 주다
어음에서 어금니로 옮겨 가려니
진심밖에 줄 수 없는 곡석 쌍으로 물었지

아귀 맞춰 짝 지우는 한 쌍의 가느다란 개비를
두 걸음이나 물러서 물었지
짝지어 조는 듯 졸아 들다가
살살 까 물리는 불 주사를 멀리
찌르고나 먹히고 싶다네

덤

물거품, 덜미를 잡힌
바다를 보고야 말았던
나를
알아요 그대에로 몸 속을 탐하고픈 욕망에 걸칠 것 하나 없는 작
자야
알겠어요 목메는 환상 쓰레기 더미에 파고들어 헤집어놓았던

음부는
온통 창가를 건너와 옛 하늘의
바다는
원격조종 당하는 듯 흔들리고 싶었겠지요 아마도, 그는
가라앉을 날을 불안해하며 하루 또 하루를 죽음 속에서 숨어 있
고 싶었던
시인이었을까
언제까지 안식하듯 그, 누가 되었든 내게 잘해주면 좋은 시인
못 해주면 나쁜 시인, 자기 마음에 들고 안 들고는
악성코드에 붙들려 있는가 혹은 붙잡아
심지어 바이러스만 해도 권력자에 붙어
시인으로서
'아마'처럼 살기는 진부해 정기해약을 기다리는 심정 같았을까 시
인의 자기를 파는
'시인-덤'장사를 시인이라는 살점처럼 살집을 늘리고
진동하는 음부를 후려치며 밤의 잠옷 한 벌,
내 곁에 얻어놓고만 볼 게 아냐 하면서

2부

귀 봉 사

귀 봉사

귀가,
원상태로 돌아와야 하는데
들리지 않는 순간을
회상해야 하는데
순간이 순간으로 머물러 있을
수만은 없어서 들린다
고, 말할까 오물거리는 입이 차암 뜨거이
무겁다 하면서 오늘도
오락가락 누구든 나를
들렸다, 놓쳤다, 가물거리세요
어쩜 생으로 이문耳門을 거쳐 간
귀울림 같은 걸까 흔적 한 점 남기려
오며가며 장애인권보호소 주위로 햇살이 쟁쟁하다
'머거리'들을 쥐어박는 잘난 머리들 너머
어지러이 고기떼처럼 가라앉았던 심경을
어항 속 물 빼며 비추고 싶다
도발, 도발…… 틀어막을 귀 한 쪽 달고 제발 들렸으면
귀하게 눈 맞춘 너와 내가 사랑한다 쓰다듬는
소리의 노예이고 싶다 아득하리만치
지금 이 귀로 언제든 날 감싸는 먼 집에 들렸다
더 머얼리 "귓밥 몰아내는 소리"* 하고 들어줄 수 있을까
가능한 한 아득히 말리고 싶다

---

* 이성복, 「내 귀가 귓밥 몰아내는 소리」, 『달의 이마에는 물결무늬 자국』, 열림원, 2003
에서 가져옴.

좌절 속에서 애도의 끝을 밝힌다는 게

좌절 속에서
애도의 끝은 피어났다

애도의 끝이라 배설하는 꽃이 좌절하고 말 거면
아픈 죽음이
새 삶을 피워내지도 못할 거면
당당한 가슴은 곧잘 연출되기에
슬퍼서 죽이고 싶었고
진심어린.대상에 흘겨 뜨며
죽은 꽃에 입 맞추며

즐거운 에너지를 흘려야
사는 아름다움과 힘껏 살아야
살아서 만나는 좌절이
상한 눈금들 적시는

환영이고
벌컥 덜컥 마시어 버리는
환영의 좌절일 수도 있을까

나비를 자습하다

'나비'라는 인간, 그런 인간이 들이키는 숨 한 잔에 웃어버리는 수 컷들은 또 얼마쯤 눈물의 우리를 거닐다, 따로 국밥처럼 나돌다, 진하게 떨리는 순간만큼 떨구듯이 나무를 낳는 숲으로 들어갈 시간이래요 가난한 시간이 그대라는 애이니

천 원짜리 아이를 주워 읽다 기사도 유고시집이라도 준비한 듯이 하필이면 지금 현실이 비야 피야 흐르는 눈물 삼키고 입 속에 사탕 한 알은 언제 적 동전처럼 굴러들어 빈 컵에 입술을 따르듯 한데, "앞 이빨에 곰팡이"*는 무어

'땡 처리'책으로는 아는 요리가 되지 못하는 먹거리다 누구 허락 받고 정신없어 하는지 빗장 고름 거두어 짓무른 꽃 이파릴 지우며 떨어지는 점점 말줄임표를 화성 안에서 다 안 쓰고 내처 방관자를 환대하는 결투라 나비 똥 묻히는 중

---

* 『임제어록』 강의를 듣다가.

동치미

시큰한 밤을 남편 삼아 고동치는 박동이 알전구만큼의 탐구 생활
을 재우지 못해, 동침을 못해
 푹 삭아진 물김치는 시어서 애달픈 가슴에 몹쓸 것들 하며 떡진
머리도 감히 다치지 않게 감아줄 속도
 아린 속에 이따금씩 떠 올려야 했던 건기를, 건더기를
 숟가락 하나만 보아도 많이 참았다 내 쪽으로 돌리며 돌아서던 낡
은 힘 곧추세우며 익어가는 삶이란
 그저 밥도 잠도 잘 자시게 주기도 많이 주었지 상다리를 접혀 오
르던 밤 풀들에 날 벌레들에 둘러앉아 별일 아닌 가사를 삼키며 축
처진 젖가슴마저 찰랑거리던 소리를 품으며 길 떠난 추억을 살고자
추억 속을 가볍게 긁어주며
 어서 읽어 드셔요 아내를, 아내의 친정을
 눈에 익힐 시간은 아마도 풋내기 웃음같이 시려왔을 거예요 겨우
내 얼버무리다 심심한 듯 나에게
 겨울을 물었다 울멍진 과부는 몰라 토막잠으로 절여지는 삶이 한
데 해갈하는 통화 연결음 속에 서도 까끄라기를 걸러내듯 맴도는
 자기로
 낮과 밤의 상부상조를 물리고는 싫었나보다 우스워하는 내내 그
대를 결단코 무거워한 적 없어 묻기만 하다 날이 새
 오를 수밖에 없는 동안의 이 해도 안도
 걸어온 순결을 거스르지 않으며 짜가운 골동품을 파 먹어라 이
고향을, 거리를
 짜낼 수 있을까
 진정,

전에도, 전과 함께

나라는
송편 한 개와
나라는
부침개 한 판은
쓰던 기름 먹으며 가을걷이, 가뜬히 부치고도 남을까
나라는
추석이
가을 냄새를 쟁여놓으며 입히는
"가을 방학"만 남았을까
나라는
추석은 참, 가을 색에 물드는 한 가지,
자기 얼굴만 가리는 가면처럼 나올까 어찌
위도 아래도 없는 할인쿠폰은 발 달려 가용 포인트 써 제낄 입질
만 바래었던가
햇과일은 자발적 동기부여
한 알의 송편을 만나기까지 내었던 가루는 반죽 전의 얼굴
콩, 깨, 꿀밤마다 소를 만드는 입맛이 한순간에 터질까 염려하며
곱게 빚던 손길마다
무른 입들에 바쳐지며 고명 같은 김들 마저 피워 올리기까지 노여
움 푸는 미래를 차오르게
입맛 다시는 전생의 내막을 읽는 미리보기처럼 가득히 한 상 깊게
익어 보내는 비처럼 곡 곡마다 만지는
만져지는, 열림의

손잡고 비는 내려와

비는
기억만이 가장 앙상할 때
이별이라니

한 병쯤 물 건너와 짝 짝꿍 맞장구치며 1등으로 뚜껑 따 마시던
생수 광고는 내 안으로 쏟아져
　불타는 감자를 끄고 보네요 오빠 눈 속에 고인 빛이 아련해
　섬광 한 줄기를 붙잡고만 싶은데 상식으로 통하지 않는 세상에서
상상하기 나름이라는 슬로건을 내걸고 보네요
　세상에 이상한 사진은 없댔어요 곪아 있던 나이도
　물 타 익는다더니 실낱같은 자국에 잔여물을 저어내던 물결과 결
고운 결심과 은근한 깊이를 동경하며 꿀죽을 끓이다 숟갈 들고 재
우던
　입은 살짝 눌려 닫히고 꽃잠에 엎치락뒤치락 선이 굵은 선잠이라
니 꼭 맞는 게 아닌 걸 알긴 아는데

　바다야 전화 받고 흘러 가

　얼마나 어둠을 가려 써야 다가오는 익음의 금뿌리 손바닥이라도
밀어 흐르는지요 바닥을 눕히면 가락들은
　근근이 가지런해지는 손이라 귀후비갠가 뭔가 심성을 찌를 듯이
무엇으로도
　속일 수 없다는 눈빛에 저물어지도록 천천히 천천히 틀어지다가
　늦봄이 그리워질 무렵에야 여름 티눈은 다시 또 넙죽 당신에게

뒤척이는 시를 멀리할 때면
꽃 문살 쟁쟁한 하늘에 구멍을 내어서라도
비는 내려와 끌끌, 아, 끌린다는 그 비에
꺼질 듯이 아래를 가려서라도
쓸어 우는 비에 다 쓸려서라도

임계점

땡, 땡

당신을 품느라 그만 멀리 보내고 말았습니다
당신은 여기에 없는데, 지금도
당신을 받아주는 종이는 여기
내게 없어서

추억 속에서는 꿈에서 깬 결대로 놀래키듯
상어 이빨을 벌리고 거품 물던 연기를
토해내느라 세상 구석구석 날림체들을 곱씹었더랬습니다
진정 나를 떠나갔나 힘센 저녁의
자기 방귀가 적시는 귀도 놀라 깨우는 하루
내가 아는 그 '자지'는 야생의 잔재라 바꿔칠 수 없어
'나'라는 자아의 나무 이름 '매자'는
너무나 갖고팠던 '남아'의 아른아른 자화상 같은
애태움들을 돌아 한껏 참고만 있던

자기 최대의 적은 "둔함이 아니라 잡념"이라고
하나의 물건으로 바꿔 먹을 자리는
'냉'받이 한다 늘어나버린 잠 밝은 그의 옆자리였을까
소탈하게 삼켜지는 들국화 냄새
행진 품으로 흠썬 두들겨 맞듯이 피우고
피우고도
비상하는 사랑 찾아 고상함 죽, 잃지 않기를

깨우치는 동안을 대기라 하면서
정월대보름날에 기를 받아 무심코 '보름달이
보기 어려울 전망'이라니 별명에 꽂혀 참을 것들만 부리다
발로 뛰어나갈 일은 없어져 흘러간 노래에

한 줄기 바람마저 얹히면 짙은 한숨 고여 숨을 때
자필 연가
죽음의 오선지는 지글지글 동그라미를 입혀 놓아줄 궁리로 해방
감을 맛본다
점점
부풀려가는 품안에서 마지못한 입덧도 잦아들게요

설죽도축雪竹圖軸*

몸집 하나 불리는 법 없이 가는
인형을 쓰고 써먹을 밤의 눈물은 어디에서도
죽고 못 사는 듯이 떨어지는 잎들에 실어가는
공식처럼 눈물은 떨어지면서 흐른다
어쭙잖은 갈퀴를 숨긴 채 마더 파더 붙잡고 하소연하고만 싶은
축들이
걸핏하면 임자를 찾는다 눈밭에 뒹구는 바람씨를 찾아
한밤의 눈물 자국까지도 먹어지는 소리라
충전한다
눈물 속에서
그대를 내 편의, 하며 자신하지 않게 소나무는
누구보다 호신용 꼬리를 그려 가지듯 꼬실 줄 알았다는 듯
무엇보다 빈약한 가슴에 인공과는 다른,
차별화 전략이라고
꼿꼿이 서서 밥 먹는 동물도 있단 말인가
대숲 바람이 얼어붙기에는
대금을 듣는 속이 너무 넉넉하니
내 안의 울림통을 직관의 보안관, 하며 쓰고 보니
노랗게 달뜬 술 한 잔 마시기 꺼려짐은
어떤 힘든 바람을 안고 즐길 노래나 구걸하랴
노래하는 죽비소리 하나
못 먹어드나 틈과 틈이 마디를 갈라 치고 득음에 눈멀어 품은
바닥을 나는,

그대 손등에 닿아서야 포옥 하고 터뜨리는 꽃이라나

---

* 서희의 그림 「설죽도축雪竹圖軸」 중에서 따옴.

풋 내림

청으로
받들 하늘은 너무 푸르러
굿이나 하고 엇박자를 끊어 먹기에는
무리라 절정의 반추 동력은
거기 누구도 깨우침 삼켜 다리 쳐 올리고

밥 먹어
그래 밥에 배신 때리려거들랑 푸르른 싹
허리 휠 거나 따라 베어질 수만은 없이 무라도 자르고나
무뎌질 칼금인가
잡음조차 써먹을 데가 있어
때때로
치고 오르는, 기진한
그 공식에 공식도 어제의 절실함이
오늘에 닿아서야 만나지는 거
우리 나무
나무를 기다리다 못해 무른 말이 말을 다투어 핀다니 취한 눈의
이가 움직여 우우 비 오는 책 속으로
비집고 들어간 눈빛을 빨리는
내 안의 간절기 습자지 길, 선하게 봐주려 취하고 싶도록 만드는

연기는

연기를 붓는다 마시고 마시어대는 그 길을

빨려드는 환각으로부터 먹음직스레 흔들리는 다음이 혹 환청이
런가 자꾸 까먹어
　아무래도
　짐승을 넘어서려는 성격 나오듯이 흔들리는 이빨,
　하고 보자니 숨이 찬가 흔들거리는 낮은
　시작을 들쳐 업고 하염없이 눈가를 짓무르도록 가랑가랑
　풋
　내
　림
　깨고 보라 왔다
　갔다,

더위 때밀이

마냥 긴 것만 같아도 더위는 시치미 뚝, 내가

더위에 강한 건 무엇보다 우는 데 자신 있기 때문이다 울기만 해
도 뜨겁게

가슴 뭉클해지는 순간이 쾌감 에너지를 품고 한 덩이 배불리 밀리
는 겨울잠처럼 부풀었다 간

긴 금을 조금씩 지우며 굳건히 나를 안을 수 있기 때문이다

그렇게 나는 떠밀려 "물의 정거장"*을 건너고 쌓일 대로 쌓이기
만 해

녹아 없어지려면 얼마나 덜어내며 맺힌

이슬도 깨고 얼음자세로 봄눈처럼 가려 맺힐까

또 문득 고요한 밤이 거룩한 쪽으로 기울지는 않겠단 확신이 들어

나의 밤은 이토록 절망적인 비관의 시를 거쳐 인간의 도리란 걸

은근하게나마 느끼려나보다 구정 설을 앞두고 조금 깎인 달빛 봉
사 차

둥글게 둥글게 기어코 말의 속도를 이기지 못해 말은

나 없이도 나무를, 연가를 흐르고 무작정 더위 먹은 입들만 올라타

목 막히는 시간 들어 소금물에 입 헹구고 싱거운 그날의

헛다리를 회상하면서 영원불멸 택배나 부르고 친정 가 오지도 말
라지

'물'과 '결'과 '혼'의 합작품이 넘쳐나게 때타는

비위 좋은 비유여 전신거울 속에서

'외다리 죄수'를 물려버리기 전에 물안개 한 점을 지운다

---

* 장석남 시인의 작품 중에서 가져옴.

동경憧憬의 눈

"땡그랑, 동전 한 닢이 환청 속에 떨고 있다"*
나는 누구나 쳐다보기를 꺼려않는 대상에 속할까 설마 저
비도 빗소리를 내느라 아름아름 환청을 쓸어내릴까 둥글어지도록
마음 안의 손길에도 한 알의 남아도는 동전이 없네 보이지 않는
공기空器가 또 손짓발짓 사래 들린 듯이 낙하하며 뒤집어질 때마다
주워 담기는 소리처럼 가슴 에일까

구멍 송송 꿰뚫어보는 눈길 위로도 찬 서리를 피해 찰보리 담기
던 바구니 속으로 너덜거리는 개 울음이 얹힌다 무게중심을 잃고
비틀, 휘청, 꽃 송이송이 부푼다 흐트러지니 길길이 피어나던 참,

서럽게 환한 '것'들에 나를 맞춘다 초점 잃은 나들이조차 '~밖에'
없는 것처럼 차지해라 내맡기고 보니 땅만 보는 것 같아도 저가 보
고파 한없이 볼 거 다 본다 돌아가는 '시선'하며 다치지 않게 하모
니카 소리는 들리지

어디에도 꼬리표 달리며 퍼뜩 이해가 되는 것에 관하여 참 한 개
도 안 들릴 때가 많아 불현듯 청명을 지나던 시샘 찾아

순간, 나가서 놀고먹을 것들이 무색해졌다

---

* 이남순의 시 「애벌레 납시다」 중에서 빌려 씀.

안眼을 보는 나무

보다 면밀히 나를 진찰하려고
내 속을 본다
속고 있는 연필심만큼의 날선
돌출부만 깎여 나갈 듯이
세심히 들여다봐주세요
나무를 존경해
한 줄기 경탄을 경계로 새들은
마음 잘 날 없이
향기에서 냄새로 다시금
악취 나는 소식조차 쉬이
물어 나르지 않는다, 어느 날
나무 없는 곳
그곳의 정취로
경과를 지켜보며
무관심으로 일관하던 나무는
나만의 악취미를 캐지 않았다
나무 하나 들지 않아
반신불수 그루터기는 언제나처럼
생각했다
캄캄한 거리를 그리고
그리고도
길들지 않아 물들어버린
나무는
제 기일조차 낙엽 없이 부러지 않는다

불현듯 나이테를 잊은 나는
죽은 나무에 대고 입 맞추며 울었다
목적지를 향해
성긴 가로수를 담고
휘청거리었다
저 나무, 오래지 않아 바랠 빛이라도
덤으로 바라지 않겠나
아무거나 보고 싶진 않았다
아무쪼록 가려 보더라도
가려져 있는 눈들조차 덮어버리긴 싫었다
두고두고 외면할 대상 좇아
때때로
가려진 그늘처럼
덮어주고 싶었다

멸치잡이

화려한 물총새가 쉼표를 낚아채는 순간,
멸치는 生을 향해 멸하는 법을 익히는가

등단하면서 이사 온 여기가 참
높은 자리는 아니었구나 흐려보는 눈 말고
빛나는 '쪽'소리 '똑똑'따 덮어주고 쓸어내리는
내게로
동네는 우리를 만들어 빈 구석 하나 가득
푸른 바다를 채운다

낙엽落葉이 떨어진다니 조금은 우습게도 들렸다 나를 둘러싼 인
생이라는 터전에
이른 낙엽들 하나같이 자원봉사자 손을 타는 듯하고
밤샘을 밤처럼 새, 덮어준 잎사귀며 책들을 포개
열렸던 이야기
하얗게 일어나는 물보라 벽이 자주 등을 보여
매이는 온기를 듣는 가운데 고스란히 배어나도록
포기한 시간의
발열로
간다
휑하니 뚫린 거리 내內라는 이국적 울음상자 겹겹이 포개어 쓴
책도
까마귀로 흐르던 여름 저녁 무사히
날개 단 일출이여 볼일처럼 비우고 오래된 벙어릴 손 없이 만져

질 때라

뜨거움의 화상이 방어를 위한 영법이라면 다른
그 누구도 아니 내가 뜯어먹을 사람아
폐경을 불경이라 말해
엄마 달이 여근곡에서 야근하는 물고기를
길러 와 치를 때,

명품 운동화

'총알반점'을 지나 느려터진 걸음으로 당도한 명성 운동화 빨래방
여기 나오면 명품 되는 운동화만 받아줄 텐가, 오래 걸을 만하면
지상의 운송수단을
물집 터뜨려 고운 매듭 풀어서라도 새털구름 신고 품속 깊은 곳
에도
신발 안창처럼 푹신한 깔개를 펴오르는 새 달 구름판
위로 뜨겁게 도약하는 길이 너무 얕다고 귀 얇은 나는 투덜거리
며 부유하는 먼지를
맨눈으로 식별 못해 짠한 눈만 반짝거렸다 어둔 그늘 혼자 등 긁
던 효자 손, 과 효자손…… 손길 이어붙이며 연거푸 생각했다 부르
릉 지나가던 오토바이 남자 철가방 속엔 자장면 한 그릇마저 텅 비
어 있을까 "어머니는 싫다 하"신 그 자장만 없으면 달달
'간'자장도 지워진 화장같이 여기고 말 일인가 양념 톡톡 치듯 고
쳐 바른 분가루에 이는
따가운 바람처럼 감히 첩첩산중 불량용기라면 겉껍질마냥 벗기고
슬픔 어린 눈물을 구어박아 '빨봉분식'에서 묻히고 나온 떡볶이
국물까지 합세해 가장무도회를 펼치는 걸 똑똑히 봐준단 듯이 아래
운동화부터 싱글벙글 '금 냄새'로나 다시 태어날 수 있을까
말끔히 빨려나오는 가운데 피어오를 진정 명품인가, 앞으로도 더
욱이 때탈 손 하나 서러울 일 없게 저 아래
빨판을 간지럽히며 '고래-등'횟집 수조 속, 연체동물은 눈에 띄던
간판 속에서 꼬물거리다 "살짝 한 그릇 살짝 한 잔"모르게
등 돌린 그이를 떠올려 때마침 되새겨보는 내가 보였다

젖는 노래

앞에서 등 돌리고 슬픈 감정 제치던 가슴에는
채워지지 않는 결핍의 때가 울혈로 맺혀 자라나고 앞으로
키우고 뒤로도 쓸어내리는 등꽃 하나 오롯이 밝아올 때
쓰라림에 받쳐 눈물도 떨어지고
처진 에미 가슴에 들어와 콱 박히지도 못 하는 아가는 또
어떤가
익숙한 품 떠나, 하는 둘만의
소통을 알까 업은 등을 보여야 아가도 산다고 산만한 울음을 도
정하는지
불순물 섞인 눈으로 똥똥하게 불려 심은 똥통 속에선들 까맣게
식지 않을 시간을 뎁히며 이유식은 끓고 있겠지
오래 잠긴 도시를 꺼내주며 내 컴퓨터 화면보호기는
엎치락뒤치락 깨버린 생의 파편들을 복사하고 신 새벽을 잉태한다
최초 드래그로 설정된 구역 안에는 혓바늘 죄 쏟아져 박히는 족족
잠겨오는 늙음의 뿌리가 틈새를 기어오르는 듯하고
얼룩져 뒹구는 내 안에 그림자들이여
장미가 안긴 목소리 주위로 부스스 박혀 울던 안개꽃처럼
불립문자도 눈 비비고 깨어나듯 한 아름 수북이 안길 품 찾아
마냥 갇혀 울지만은 않을 다발이겠지
등져야 만나는 이별 속에 눈 녹듯 뻑뻑한 눈물샘으로부터 사르르
흘러드는 긴 숨은 낮달도 바짝 엎드려 호젓이
숨어드는 뒤통수를 넉넉히 적시겠지

편지에게

평생 가질 수 없대도 간수 잘할 걸
이왕 이번 생에는 생각 없이 가면 쓰고 간직할
포장일랑 훌훌 벗어줄 걸
아니 기다릴 그대로
내 마음 한순간에 접혔다
펴놓으며 손 모아 노래하는
마음 가지들 한데 기대라 할 걸
손 안에서 하염없이 머뭇거리는 자신 없음을
너그러운 부족마냥 바칠 뻔했다고 오독을
수정하며 까닭 없이 집 밖으로
나가 헤매는 소금별 바꾸어
뜰 명당 오롯이 내 몸 안에
실한 맥 추는 염천, 흘러들기를
만년 자기로부터
지친 샘가를 간지럽히며 연신 입 벌리고
통과,
회신,
활짝 펼칠 글씨들이 접붙이듯 날갯짓하며
날것으로 훨훨
나비는 다시 오늘을 열어 보인다

세공細工

오르막길을

햇살 부시게 내리쬐는 빛 싸라기 흰 공기를 주무르면서 운수대통
철봉에 매달려 '쌍쌍 바'커플마냥 기다라니 뻗친 팔이 안아주는 품
만큼 열리는 자식의 몸을 받친다 강북을 치고 올라

강남구 다리 밑까지 안착한 비행우주선은 한 움큼의 연기를 뿜어
안대로 씌운다 저 엄마 아니에요, 청상 요인料人 실습은 언제, 천공
작품으로 피어 날까요 요리조리 시선만 강탈 말아요 식품 공부하
는 2년을 뛰어넘어 그때 되면 생선만 해도 가시 많은 청어를 고등
한 머리로 죽은 눈깔 씹기 전에 떨어져나갔단 말인데요 나의 무거
운 머리는 검은 물 들어버린 푸들 러그처럼 파고드는 구름을 태워
요 물결 물결 깊이에로 리듬 타는 연기를 베고도 뿌리치지 못해 중
간을 음해하는 길이여,

오르는 데 강박적인 밝음마저 깎아내리려 속성의 스트레스는 얼
마나 외로워하며 올랐을까 살아 잊는 얼굴 속, 눈썹 산만큼 그늘을
차려 지우나요

물집

　한참 내리막길을 타는 보물 장사는 멈추어 세울 수가 없었다 순간
인지 영원인지 잠들지 않는
　선명한 우선순위를 가르는

　주거지에서는 주림파 새들이 주둥이를 헐리듯 둥지를 허물고 헐
벗은 산 속에서 산림살이를 걱정하고 나설 때

　보는 것과 보이는 것을 터 보지는 않았음에도 깜짝이야 벗은 몸이
아름답다며 나를 시험하는 능력이야
　또 나를 거절한 문 밖에 버젓이 차이가 튄다, 그 튀는 한쪽 얼굴을
꿈에서라도 깎아내릴 땀방울조차 가식을 덮어씌운다
　한없이 무력해져서는 누구 밥 먹이러 들리는 얼굴이었나 흐르듯
떨구어낸다

　날개는 옆구리에 묻혔을까 얼얼한 바람이 내보지도 못한 곁가지
를 끊어 줄기를 꺾고
　어화 둥둥 떠 있고만 싶은 우주선을 들인다 내 안에 너라는 어항
을 탐험해봤으면
　쏟아버린 물기를 빨아들이며 골라낸 바람 씨에서는 바다 맛이 날
까 그럴 리가…… 왜
　너무 보여준다는 게

　저물녘 해를 건너며 덜 풀어진 숨을 쉬다 쓸리는 느낌만큼이나
보내주고 말았을까

능수버들을 타다

능수버들
가지만 하나, 죽을 때까지
하물며 식은 마음 버린다는 게 머리로 지울 사랑 하나 두고서
뒤로 하는 발걸음, 치우치지 않으리라
강변과 강변으로 묶고 풀었던 우리 사이
고만고만한 구멍 놀이는 치우고 싶다
높은 산을 경계하는 버드나
유려하게도 곡선의 힘인 양 능수능란해 흔들림 또한 목을 꺾어
가지는
그렇게 지난 가을 녘 도발을 까 뒤집지 못하고 추운 곡이나 했는
가 몰라
푸르게 뻗친 머리를 병풍 안에 빗어 두고서
나 하나 머무는 가을날에도 물기 한 점 보태며 채 오지 못했나 몰라
널 닮은 미간이며 인중을 스치던 살랑 바람에 몸서리치던
유요柳腰여 허구한 날이면 국민 약골이라 기를 쓰고 날고 기다가
도 차마 떨어져 보고 싶은 바람의 목소리를 품었다 싶으니
헝클어진 다짐에 다짐을 낚아채듯 처진 비밀이라는, 나무나
구멍에 끼인 머리채도 온몸이 꼬리 꼬리 부르는 것만 같다 오류선
생五柳先生 머리는 '심'도 모르는 애먼 가지처럼 성긴 터라
우러나는 찻물에서도 유영하는 초록 비늘 따라 서늘 서늘한 그늘
자락이며 맥을 추는 끝별네 구심점을 향해 돈다마다
송이송이 운구하는 레이스 그늘 한 꺼풀 심기리라 구석구석까지
꽃으로 잠길만한 단 한 번이라도 잠들었던 붉은 과거를 피우고 싶
다 평생의 사랑앓이는 아니라는 듯 다름 아닌

다만, 꺾이지 않을 허리가 나라는 듯 미친 눈매를 죽이고 쓰러진
박장대소는 새로

타오를 그늘 한 채 지어 나이아가라 물결 물결 으스대거나 숱 많
은 속살 무르게 씻어 가지리 정말이지

날까, 날면서 알까

이방인

책 속에 있다는 진리 한 구절
겉도는 그림자도 사랑하는 그대, 오직 나만의 그대를
향유할 수 없다면 내버릴 것밖에

남는 게 없으리 아주 작은 선별에서 열정도 제각기 물건 좋다
담겨야 감싸줄 고독감의 부속물로부터 자유를
얻고 해방감을 맛볼 것이다 아끼고 아꼈던 질문을
소박한 보따리장수마냥 풀어보면서 내지른 한마디, 안 팔아
이래저래 팔리지 않는 오늘을 활짝 일으킨다고 잤구나 또 오
늘만 오늘이 아니구나
내 앞에 온 오늘이라고 그 많은 음식들을 참고 참아 한숨의 한
숨처럼 오려 했구나

불청객이 방문을 두드리고 쉬었던 글밥들을 녹여내기까지 말
라가는
물의 몸을 껴안고 조금 더 연한 살을 발라내기까지
고인 물은 잠시 끓어올랐다 숨은 눈들 속에 떠 부는 바람 같이
망령든 혼아 뿌리염색을 아니, 매듭 풀어헤칠 때까지

앙다문 입술을 놓지 않았다 쉬어 가리라
참지 못한 하품 속에서 태양은 한껏 숨통을 불리고 있다
오고야 말았다
물건은 버려지는데 돈만은 재물 복을 바란다는 듯이

전주電柱에 걸린 불빵하고

식구를 여는 속살에
스침과 스밈 사이
다듬는 손이 준다고
붉은 혀를 밀어 내리는 한낮의 태양푼에 더듬이가 달리려나 덜
덜거린다 과거를 이송하며 들끓는
방 하나를 쓱싹 비비고도 모자라 한통속 주방에 온몸을 뉘이고
푸른 바다 천일염을 저장해 흘러야
흘러가는 식인가 소금 땀으로 헹구어지기도 하려니 하늘 신
내려요
젖은 머리 터는 공복의 시간은 입을 가리다 졸린 상도 담고 긴
장의 가락도 처연, 이라는 전기를 쓴다 해방된 어둠에서 미처 떠
나지 못해 닥치지 못한 외출이 암묵적 한 방에 불티나는 신발만
목석 같은 밤, 내주나보다 현관 앞 그늘 가리개 한 켤레 담금질
하는 입만 닫혀서는 신발 밑창 벌어져 울고 싶은데
쫄지 말아 졸아든 복사본 주름 입히고 나서는 때
봐, 선배 뒤로 내린대 절정을 바치며 날 때려봐
윗집 선반이 골문 흔드는 기계처럼 매번 선수는 손을 보여주
지 않아 쪽마루 위로는 또 거   하니 푸른 싹들 자라나 저 좀 뜯
어 먹여 주세요 돋아나는 입들 한데 졸면서 꽂히기도 하나보다

즐겁게 닳아질 밤별에 찔리고 싶다 구두쇠를 모방하는 재주
소년의 아직은
바람의 빛깔이 도전하는 바람에 친친 과거 팔이 피붙이 돌덩

이는
길어서 바라보기만 하는데 해가 싸고 말릴 밑간은
살짝 내치기 전에 곱게 빻아진 마르고도 단단한 지혜의 빛이
나였다고
추억이 먼저 가
기다리는 날에는

이면

그런데 말이야 산책을 하고 있으면
산책하는 즐거움을 만끽하기도 전에
아름드리 자유인에 자유를 덧대며
뜨거운 피를 나누기도 버거워질 때가 있지
서로를 기대 쉴 만한 어깨 너머로
그대는 보이지 않는 걸
분당에서 초당으로 건너가는데
나비가 무덤을 판다는 거리를 막 지나면서도
비틀거리는 실시간 비상구
담배는 피우믄 앤 돼…… 습관처럼 고백하고 빠지는 웃음은 뭐
랄까 번들번들 목마른 대지만 후식으로 당기는 귓속말에 자라나
듣는 귀 먼저 열어두고 귀 녹음 주의하라는 말까지
기다릴 거라고 어서 들어오라고
당신의 꽃이 잠들 때 웬일인지 다소곳이 오는 고통이라면
한 모금 덜어주고 싶어 그만 닫히더라도 아주 인사불성 만드
는 술이라면 사양하겠어
힘 좋다 공병만 느는 현실 속, 그 속은 실상 덜 어두워 보여 눈
칫밥쯤 먹어보면 작작 들어줄 바보 소리야 덜 미안해질까 잘 지
내
고개 꺾이며 못 본 척하는데도 바람을 태워가며 부정에 부정
으로 쓰러지지 마
고막을 썹히는 기분은 버리는 거야 주저 않고 들어주다 깨부
수다 분리수거하는

내 귀랑 바꿔줄 커플은 기적처럼 주름을 잡고 말야 말야 우는 연기를 잡고

댐배만 보내주믄 어찌 어찌 내빼던 꽁무니 거두어 나자빠지믄…… 타는 속도

마저

진통제

그대를 바라보는 그대로 잠시 머물고만 싶었다고
그대보다 몇 걸음이나 더 울어버리고
말았을까, 하얗게 센 머리는
고장 난 문지기 망치를 따갑게 스치며
두더지 잡듯 내 몸을 빠져나간 동전처럼 땡그랑 그랑 맺혀 있음
으로
아물 수는 없었을까 애써 삼키지 못한 울먹임 한데 찾지 않아도
뭉게뭉게 떠오를 것만 같은데

바라보는 그대야
추운 목소릴 말리며 솜털구름 지우며 젖혔던 고개가
꺾이는 순간만은 내가 아니고 싶었다고
구불구불 줄 달려 당분간 끊지 마
선물에 맺힌 알맹이 같은 게 할퀴듯 데려와 주저하는 멀어짐을
안는다
수소문하며 그 후로는 담담해지고 싶다 가라앉은 안심 쪽에서
똑 똑
써먹을 눈물이 외로워 사라지지도
못할 거면서 무엇이 지는 마음에 붙들려 가질까
정성을 뒤흔들 깊이에로 몸살 앓는 숨의 눈이 옮아
지나치기만 했어

곡

서로 진동하며 껴안은 풍경 속에서
중심을 기만하지 않으며 안전 무장
잠이 고픈 거지 배고파 퍽 가상하게도
약 떨어진 시계야 저 알아서 멈춘 거 맞아
단 피를 빌어 빨리 질리게 눈물을 지워 내 옮기면서까지
와락, 마른 오디로
파리한 게 실룩대다 뿡 달린 가슴만큼 먹고 살 걱정만 한사코 도
려낼 수 있다면
오디를 가려 하시나 한 곡만 따 드세
시든 창문을 떼어다 팔 만큼 유목의 세계는
사치와 애욕을 하나로 묶을 치욕도
덜어 지는가 단내를 맡다 들뜬 보따리마다
기어오르던,
입질들
풀어놓은 물결 흔들며 가지를 친다는 게
오밀조밀 새끼를 쳐 등을 밝히던 불끈, 화끈, 우지끈, 잠시나마 세
잔이야 네 잔이야 얼음이야 여름이야 서산 노을 덮어주며 넉살좋게
붉히던 그늘에 싸여 모란네 취기 한 뼘 더
만개의 식탐 일기를 빤히 읽어내는 순번이 고치라는 듯 오색창연
뻥을 치다가 농익은 선문답마저 만성이 돼 간다 어떤 식으로든 견
디는 영혼만이 태양 빛에 쫀쫀히 굳어가던 전차를 달려 눕고만 싶댔
어, 하지만 낮은 굽이야 밀어내며 이 해를 통하려거든
보내야 하는 열차만 나를
거나하게 한 곡만 뽑아 달랬어 무한 그늘 리필

자막을 나른다 이른 잠자리도 무거운 숲 머리 술렁이다 실없이 넘
실대는 물가를 향해 취하나

풋것들은 언제든 느슨한 자기를 채찍질한다

여행 보시

한 박자 놓으려다 집어넣었던
시간은
길 떠나자
찌르고 말아 쥐던
가시를 키우고 떠민다
좌절 안의 페이지
시 안에서 또 다른 궁금증이 자란다
내리는 비를 잡아 그대와 같이 걷겠다고
문제는 소멸 의식 앞에서 커진 머리를 쑤셔 박고만 싶다
꿈 포장하며 공중에 난 장식품을 들어 올리고 싶었어 처진 가슴
보정하며 바람처럼
바람을 안은 바람처럼 있지
마음은 회심의 노을을 작곡하려 습기를 보태어 가지
잊지 말아 축축한 밤은
그 밤의 마디마디는 애초 가려서 켜지지도 않아
너무 많은 오점들의 우기雨期를 추억해내고 시계추 같은 소모품을
키우지 희열감에 도취된 열기를
반대로 좋은 꿈들 하나같이 예약 못 하나 울기만하며 늘어지게
우기기를
아이 폰의 이어 폰만 말려드나봐 헛물은 켜 본다만 틀어놓을 수
도 없어
검색 단추 하나 없이 꺼짐 예약이라고는 없나봐 끄는 법까지 몰아
서 무언가를 고심하는 자세로
혹여나 꺼지는 현상을 미루어두려

볼펜 꼭지를 눌러놓고도 간신히 뛰어오르는

깊이를 무시해보듯 빨려 들어가던 그대 느낌, 한시도 여진餘震이
라고는 모르게

받아써지지가 않아

기다리라고만

연주 일생

상처가 되는 악기에도 맛을 내는 음들이 가락을 그려
쫄깃해 올 때까지 물휴지는 입가를 쓰윽
오기만 해봐라
엮이고 엮여 가다보면 안정을 잘근잘근 씹어 삼킬 태세다
나들이하기 좋은 시간에 안주인은 행복을 반납한다
아까워 버리기는 해야 한다
포기 못해 변질된 맛 앞에 속수무책 칼날은 연거푸 허공을 난도
질하며
마지막까지 큰 숨을 버릴 채비다
질긴 과시욕처럼 혹은 과잉된 자아에 휘둘려 설사를 쏟아내고도
모자라
우주를 다스리는
자신에 거는 맹신이 자신을 비우지도 못하게 축적하는 데 급급
하다
들끓는 우리 속에서 모든 가면을 애지중지 신격화시킨다
쉭쉭거리며 흐릿해 오는 풍경을 얇게 더 얇게 슬라이스 쳐낸다
영원을 새기며 추위를 타면서도 다 벗지는 못한 배불뚝이 마음
보내는 길에 새겨지는 거기와 나의 사이는 깊고도 애절해
홀가분히 멀고도 아득한 내면은 자꾸 풍경 밖을 떠돈다
가라앉기라도 하면 낚아챌 기세로 침잠하는 풍경은
자주 돌아가고 달려왔을까 들려지기 위해
어쩌면 극과 극에서 번민하는 촉과 촉 사이를 죽은 듯이 스미는
물기를 머금고 선물같이 물어질 때
마침 묻어나는 썩은 미소 한 점, 그리고 덧칠의 덧칠마저 사랑하

114

지 않을 수 없겠다

4부

모형의 밤

모형의 밤

모호하니 흘러 낭자한 피가 오피스텔 내內 한바탕 소용돌일 그렸
다 밤새도록 거죽뿐인 시체가 시린 기억의 파편들을 주워다 칼집
내었다 회처럼 뜬 아침이 오롯이 내치지 못 한 탄식을 입버릇처럼
두르고 사포질한 가슴에 갑옷마냥 튀김옷 입혀 사냥감을 물색하다

오른 물을 모른다 하지 않을 거야 감전돼 끌리지도, 방전돼 쓸
수도 없는 물건에 집착해 들었다 성적이 좋지 않아 성적농담은 때
를 타고 저어 머어얼리 튀겨지지도 않는 걸까 뻥튀기 스끼다시 같
은 것일까

쌀밥 생각 쏙 들어가게 백지장 드리운 책 속, 이면에 눈뜨다시피
힘자랑하는 질투에서도 놓아날 나일까

기형도, 사랑하는 자성애자

나의 시詩도 이리 애인 하나 못 만드는 이미 안정된 사람일까

극세사 유방을 꾹꾹 누르며 절개하진 않으려 오래 전 알 속에서
뜬 맑은 눈동자, 테두리 주위로 안경 쓴 키다리

풍경 잇는

뒤안길

속궁합

난
작은 사람
좋은데
그런데
그래도
끌리는데
내가 키워 줄까요
찢기는 고통 안고
껴안아
밝히는
옛사람의 등
꽃그늘 한 자락
그마저 뒷모습이라는
거
나랑 성격 차이 맞다
고
웃, 기, 시, 네
상행위 금지를 성행위로 읽는
이래 뵈도 시집 안 간
나
있지
인간 힘 보유자야
어느새 성인의 문턱에서야
자정 땡

문 닫히자마자
하자
맞추자
자정, 정화 이러니
약속 시간 맞춰 속상한
마음 좇아 어떤 날은
초침부터 타이머 돌리고
더 나은 내일 위해 떠나는
꿈 버리고 화가 그림 탓하면서
시상 좆 같네 선정후경先情後景 슬쩍 베껴 쓰는
시인이고 싶다

뜬눈으로

뜬눈으로
우는 눈물은 무얼 기다려 흐르는가

바람이 밥을 거르는
말할 수 없는 것들 앞에 나 너무 우는 눈물을 보였나 몰라
마음은 그래, 은혜로운 마음 씀씀이
중간 그 즈음에서 막아준다 보기 싫은 구질을 바꾸고 싶다
뭉치고 뭉쳐 눈덩이만한 고요로 배부르게
길을 막아도 술상을 볼 엄두는 나지 않는다

안개가 끼인다
고독에 욕봐서라도 놀려주고 싶다 때로는
고독의 깊이만큼 수그러들어 보자 보자 아프게 하지 않을 사람
하나
마주하고 독설을 퍼붓는 짜릿함만큼 연기하고 싶다
생각보다 독살스럽지 않은 기만(欺瞞)이 장난을 받아주며 다독이
고 하는데
마음껏 지는 부담에는 어쩔 수 없다

누구보다 약한 술 함께 독주하는 문장 안에서
청정구역 또한 저물어 물어…… 지는
균형을 마저 잡는다

초연

그대가 일어날 때
세기말 변화

주머니 속으로 기어들어
약용하듯 먹고 싶어 숨기면서
악쓰는 꼭두새벽
절규를 받아쓰고 가슴에 머물러
극도의 예민한 촉수를 뻗어 건네는
오직 한 줌 빛이 되어보는
나에게
초연한 기억인 듯 멀어 보여
우선 기억이 쌓여야
많고 많은 몸부림의 잡음들로부터
재현될 것인데 기억할만한 순간의 순간도
당분간 연인을 연기하고 있으면 미인은
음악을 이야기하면서 또 이야기하지 않을 듯싶어
시의 겨울이 열리는 내일을 살 때
아직은 둘이서 보기 힘들어 언제라도
노래는 오래 떠올라져야

한곳으로 머무르다 멈출 때까지
어떤 바람처럼 놓치는 초점마다 삼켜 버릴 듯
바람을 모니터하다 까고 보는 둔부마저 주사바늘이
들어가지지를 않을 때

젖집의 멀미

무식이 이불 한 채 지어 오려
못 잊어 잠
재우고 나, 득득
이 갈릴 때까지
못 버려 잠자는 일도
내팽개치지 못해
말도 못 알아먹고
하염없이 물어뜯고도
새 이불에 똥구멍으로 양지를
덮는 그늘 속에서 뒹구는
개, 소리마저 음질 따지나
무성하다고
지지 않아
노래 끊는다고
바람개비 노리개 한들한들
비가 왔어
한사코 젖지 않는
젖집의 멀미
찔레꽃
맛있겠다 생각만 해도
노래 따라
아름아름 하얀 잎 한 줌
허옇게 질릴 때까지
따 먹었다는 말

참, 이상야릇하게 슬픔을 찌운다

누가 키를 쥐고
키울 젖집인가

새 소식

우산 있어요

우산은 있지

우산 가지고 비나 맞겠어

꽃비를 기다리는 나비라면 목 메여 우산만 접어두지
않아도 될 날개인데 비닐 속 비닐 포장은 투명도를 키우던 절정
에 구멍도 찢고
벗어줄 수 없어 헐렁한 숨을 토하듯 내리는 비 없이도 구멍옷 같
은 게 멀리할 수 없다는 듯
비 오는 내 안이 다 환해서 말이야
우산이 우산을 씌워주며 위로할 수는 없겠지
뜨거운 사이가 망설여져 만일의 시간은
넘기면 그만, 가려져 우는 꽃다발 속 내 마음아
어느 그늘 아래서 꼬옥 쥐어보던 편지인가
우표 옆 바코드가 희미해진다

잠시만
묻고 싶었던 손을 놓쳤다

편지 왔어요

시인의 먼 곳

또 그대는 왔어요 어떻게든 내 꿈속을 달구어야 꿈에서 깨어나 종종 나른한 침실로부터 분리될 수 있을 것만 같았어요

조금은 박력 있게 내 손을 잡고 어디론가 달아나버리려 했던 거예요 잔잔한 꽃 문살 풍경 한 폭을 등 뒤에 두고 그대 몸만은 내게로 바짝 밀착해들었지요 큰 숨을 놓은 키스는 얼마간 그 자리를 지키고 싶었던 거예요

무언가

군침 돈다 말하는 사이

이루어져야 할 것들이 작정 기도 한 차례 없이 이루어지고 눈물이 난다니 돌아가면서

돌아가면 그만이라는 듯 다시 그 목소리에서 실체 없는 실을 뽑아내듯 그랬어요 우리 강아지도 이미 부른 배를 이불 속에 문지르고 물어뜯다 미처 가려 울지 못한 낯짝에 웃어버렸달까 한 점을 늘어지게 웃던 두 귀로 쏟아버리지도 못하는 미지수에 치여 토스, 패스, 마지못한 쉼표를 구겨 넣으려니 믿을만한 사람인가

과연 인간적인 주름잡으며 답답한 인상을 죽여도 보았던가

잔향 같은 헛소리를 밀린 잠결에 풀었다가 잠수교 아래서 냄새나는 한물간 그리움을 울 때

절제된 쉰 세대라 물러나지만은 마세요

사랑 파수꾼

오래 연애하려면 결혼하지 않아야 한다

혼자 피우는 날마다
꽃몸살을 부추기는 바람마저 폭식한다고 한결같이 남아서
너, 만큼 어울릴 사람 바랠 빛에 녹여낼 깊이를 바라봐주기가 무
심히도 아뜩해 오나
비실비실 바랜 빛을 바라봐주기가 무심히도 익는 빛이
나, 덜 떨어진 빛 부스러기를 곱씹다 좋은 사람 닮아가려 꼭대기
만 무성해 올까

긴 목이 가려운 등만 긁어주면 찻잔 속에나 떠 오지
노력해도 내칠 수밖에 없었던 티스푼만큼의 흔들림은 미리 낮은
온도로 울먹임을 삭인다
술잔을 거울처럼 닦으며 한풀 꺾이고 말 자존이 긴장의 끈을 물
어뜯는 동안
어쩌면
오랫동안 묵어진
친구 따라 꿈만 꾸어 가질 결정을 본다 잔뜩 나이든 울음 씨들 하
나같이 순수라는 골자를 모르고
비혼의 우정 하고 쓰니 그늘 속 편지인가 편지 속 그늘인가를 모
르겠어
점점 더 진짜를 모르는 연인처럼 연인으로 흐느끼는 꿈 트림 한
차례 깨어나라

꿈에서 불 불 떨며 일어날 한편의 내가 흘러야 한다

나는 눈물에 시드는 나무야

　나는 눈물에 시드는 나무야 날아가버리게 마를 새라 눈물이 지우는 생일 목木이야 '욱'하면 나 몰라라 비방을 늘어놓고 나, 또 한 차례 거센 눈물을 울고 호젓이 떠오르는 무지개를 그렸어 석양에 아리는 꽃물 속에서나 생사를 떠난 듯이 눈빛 지우고 눈〔目〕속도 치지 못해 흐려 우는 딱한 가지를 지우며 실금처럼 가는 뿌리에 뿌리를 죽이지는 못 했지 오늘은 나의 생일날, 한 아름의 꽃바구니만이 나의 몫과 함께 잔잔히 위로하는 느낌 나쁘진 않았지 어서 빨리 오늘이 지나가주었으면, 하고 기도하는 마음, 허허로운 시간 앞에 길들은 아주 서럽지 않으리

목필木筆* 화가

길어서 그리운 가지를 뻗어 오르면
불면을 입에 올리던 부피들이
주둥이를 죽 빼고 풍선아, 나무 좀 살자
색색들아
부르튼 꽃불 좀 끄고 보자
얼마나 무거운 새 그림에
가슴을 묻고 팠길래 속이 다 훤하니
들여다보이겠니
화해 놀이 중
처진 표지를 드높이다 봉오리를 흔들어 녹다운시킨 잎맥들이
아가 적 숨결 돋는 살들을 매만져 올린다 속살거리는 몸부림에
겹겹이 강림하신 낮잠 상서를 읽느라 목이 다 아프니[1]

---

* 목련木蓮.

소리 시체

어느덧

커버린 먼, 화강火江이 한눈팔던 눈 속까지 솎아내듯 되팔고 있어

가둘 수 없는 마음 때문에 내리다 만 총기들이 누구든 대가들의 세계를 받아 가려니 말이야 한 번은 건너야 할

강과

그 강에서 울려 나던 대가들

주위를 서성이기만 하다 자위하던 내 길, 하는 자세는 결 고운 자리에서 포위되기를 기다려 좇아가려는 피곤의 냄새는 날라 가기도 전에 닿아버리는

예술은

눈물 챙김이 강에 붙었다 책에 붙었다 아니 어쩌면 날개사寺를 돌아가라

헤어짐 별 하나 팝콘더미 속에서 눈치보다 튕겨나간 노래 속에서 노…… 놓으라고 물기를 빨리 말려야 비로소 자기 색 나오는 거야 나의 맷집은 크다 만 꿈 가두던 철창을 날리고 우리네 빛털을 품다 간 청춘이기에 털도 자라, 해야지 새로 고침 버려두는

서 버림은 아무래도 흔들림을 가라앉히려는 필사적인 몸부림 같아 식을 줄 모르는 성기聲器는 없다고 오래 내놓을 귓불을 간질이다 정작 찔리고 보는 씁쓸한 절충을 보여주어 앞으로도 무수한 귀,

뚫어줄 꽃 브로치만 보다 세게 아려 오기를 어른어른 생각만 술술 하고 뜨는 생기를 준다고 너는 단숨에 불꽃 화가를 건넜지

그 사이

소리를 묻었어 빨간 불은 켜졌고 소리집은 나이만 먹었어 홍수처럼 밀려든 눈〔目〕자위로

분열된 자아의 '두 상촨^想'처럼
'성소'처럼

섬진강 바라기

그대에 진상 올리듯
애비 없이
물살을 타고
한 살이라도 젊을 때
섬길 우상 만들어
잊거라
그 자리, 또 한 구의
섬이
지면
진짜
강은
차암 애달피 지운 강물에
섬 하나
띄우고
낮은 자의 몸 일으켜
흐르고 흐르리라
그토록 서러워
멈춰 설 엄두조차 나지 않도록
강 속에는 두꺼비 배만한
구멍 하나, 둘
뚫어져라 섬집 아기 등에 업고
살펴 가라
흘러 들리라

훈수

돌 하나가
산 하나를 올리려
하나는
가만히 둘
손으로 두 개
나 업는
마이산馬耳山
탑사를 쌓다
가야 할 길을
그대로
내버려 두었다
하루가
나를
까만 바둑돌처럼 두고
있었다
바람도 훈훈하게
점점
탑 쌓아
집 짓고픈
사진이자 판화였을까
한 폭의
자판을 두드려 새울
밤, 아련히
탑사 바깥서

자성磁性하고
성찰省察한다
맴맴 돌다
한 수 아래를
들어
네게로
옮긴다

귀이개

날림으로
고막 잘라
귀마개 대용으로 쓸까보다
해 두고픈
웅얼웅얼 귓속에 살아
물컹, 울컥, 용솟음치는
귀 한 개
잘려 나갈까보다
한 사람의 불꽃 생生 통째로
청진기 탯줄 끊고
대이는
대지는
달아나고픈 '귀차니즘'네
하루만 대신해 들어줄까보다
횡격막이 뒤집어질 듯
상선약수로
빠진 한 알의 이를 씹고
얼굴 뒤
가려운 등 긁어주던
뒤통수를 외면했던가
지금으로부터
백년고락 생각해
폭폭
사무쳐 흘러든

유채화 속
수챗구멍
잔털마냥 뽑혀나가
뿌리째 흔드는 매음邁蔭굴을 비화하며
화병 빚어
버짐 핀 이명에도 고인
울음 키우고 있었더랬다
달팽이관,

삼중당 코팅

다 눌러놓은 책갈피에 네 이름만 올렸다
삼시세끼 챙겨 먹을 나는 어느덧 없고
무르고 곯아버린 생生의 한가운데 다시금
부리나케 떠먹을 거리에도
되살아나는 기억들이 살아 자리를 폈다 터질 듯
막 지르지 못 한 채 억 소릴 감내하며 가로등 아래
달 숨 번져 희뿌연 줄기를 내
여자에 들이대 본다 세심히 맥을 추는 입속에 다
들어가지지 않은 정연한 말의 씨앗들을
초록 별빛 일렁이는 생수처럼 따라 마시며 제 속으로
들어찬 옹졸하리만치 사나운 시샘 덩어리들 한사코 게워낸다
입질이 필요한 걸까 문득
떠다 문, 숟가락 같은 몸만 여기에 영원히
새기지 못 한 비석처럼 꽂혀 취하면 그만일
한 잎 꽃술로부터 고여 있는 갈피다
마음은 이미 저기다 편편이 부려두고 책 읽은,
아직은 미완성 미륵불 자기로
자기를 몸 붙여 든다

사진 설명

안眼을 보는 나무

ⓒ유혜연

초판 인쇄   2017년 12월 18일
초판 발행   2017년 12월 26일

지은이   유혜연
펴낸이   강성민

마케팅   정민호 정현민 김도윤
홍보   김희숙 김상만 이천희

펴낸곳   (주)글항아리│출판등록 2009년 1월 19일 제406-2009-000002호
주소   10881 경기도 파주시 회동길 210
전자우편   bookpot@hanmail.net
전화번호   031-955-1934(편집부) 031-955-8891(마케팅)
팩스   031-955-2557

ISBN   978-89-6735-468-8 03810

• 이 도서의 국립중앙도서관 출판시도서목록(CIP)은 서지정보유통지원시스템
홈페이지(http://seoji.nl.go.kr)와 국가자료공동목록시스템(http://www.nl.go.kr/
kolisnet)에서 이용하실 수 있습니다.
(CIP제어번호 : CIP2017033359)